MITOLOGÍA GRIEGA

Descubre las épicas aventuras de dioses, héroes y criaturas míticas de la antigua Grecia

Oliver Polmer

RESUMEN

CAPÍTULO 4: MONSTRUOS Y CRIATURAS MITOLÓGICAS .. 44

CAPÍTULO 5: INFLUENCIA DE LA MITOLOGÍA GRIEGA....... 60

CAPÍTULO 1:

INTRODUCCIÓN A LA MITOLOGÍA GRIEGA

La mitología griega representa una de las tradiciones mitológicas más ricas y fascinantes del mundo antiguo. Constituye un complejo conjunto de mitos y leyendas transmitidos a lo largo de los siglos por tradición oral y, más tarde, por escrito. Estos relatos, que describen las hazañas de dioses, héroes y criaturas mitológicas, fueron utilizados por los antiguos griegos para explicar fenómenos naturales, comportamientos humanos y acontecimientos históricos.

Una característica esencial de la mitología griega es su capacidad para transformarse y responder a las necesidades de la sociedad. Su estructura narrativa, rica en simbolismo y arquetipos, ha permitido a estos relatos mantener una relevancia perdurable, cautivando a generaciones de lectores y estudiosos. Los mitos griegos siguen siendo objeto de estudio y admiración por su profundidad simbólica y su capacidad para ofrecer una visión compleja y estratificada del mundo antiguo.

Orígenes de la mitología griega

La mitología griega hunde sus raíces en la más remota antigüedad, en una época en la que los relatos orales eran el principal medio de transmisión de historias y leyendas. Los primeros vestigios de la mitología griega se remontan al periodo micénico, hacia el 1600 a.C., cuando se contaban mitos para explicar fenómenos naturales y dar sentido a la vida cotidiana. Estos relatos evolucionaron con el tiempo, incorporando elementos de culturas anteriores y contemporáneas, como las civilizaciones minoica y del Próximo Oriente.

Las raíces de la mitología griega están profundamente entrelazadas con las religiones primitivas y las creencias animistas. Los antiguos griegos creían que cada elemento natural, desde los árboles hasta los ríos, estaba habitado por un espíritu o deidad. Estas creencias evolucionaron hasta formar un complejo panteón de dioses y diosas, cada uno con sus propios atributos, historias y leyendas. Los primeros relatos mitológicos griegos eran ricos en simbolismo y reflejaban las preocupaciones y aspiraciones de la sociedad de la época.

Durante el periodo Arcaico (alrededor del 800-500 a.C.), los mitos griegos empezaron a transcribirse, convirtiéndose en parte integrante de la literatura griega.

Durante el periodo clásico (aprox. 500-323 a.C.), la mitología griega alcanzó su apogeo. Los relatos mitológicos se celebraron en las artes visuales, el teatro y la poesía. Las tragedias de Esquilo, Sófocles y Eurípides, por ejemplo, exploraban temas mitológicos complejos, ofreciendo nuevas y profundas interpretaciones de historias antiguas. La mitología griega también se convirtió en un medio para explorar cuestiones filosóficas y morales, gracias al trabajo de filósofos como Platón y Aristóteles.

Con la llegada del periodo helenístico (323-31 a.C.) y, más tarde, del Imperio Romano, la mitología griega siguió evolucionando. Los mitos griegos se entremezclaron con los romanos, dando lugar a un rico patrimonio cultural compartido. Las historias de los dioses y héroes griegos se reinterpretaron y adaptaron a las nuevas realidades políticas y sociales, manteniendo viva la tradición mitológica.

En resumen, los orígenes de la mitología griega se remontan a una antigüedad remota, caracterizada por creencias animistas y relatos orales. Con el tiempo, estos mitos evolucionaron, convirtiéndose en parte integrante de la cultura y la literatura griegas, adaptándose a los cambios históricos y continuando influyendo en nuestra comprensión del mundo antiguo y moderno.

Geografía mitológica

La geografía mitológica de la antigua Grecia es un elemento clave para comprender el contexto en el que se desarrollaron los mitos y las leyendas. Los antiguos griegos creían que los lugares físicos no eran simples espacios geográficos, sino también sitios de acontecimientos míticos y moradas de dioses, héroes y criaturas sobrenaturales. Estos lugares míticos y regiones legendarias no sólo poblaron el imaginario colectivo, sino que también influyeron en la vida religiosa y cultural de la antigua Grecia.

Uno de los lugares más famosos de la mitología griega es, sin duda, el Monte Olimpo. Situado en la región de Tesalia, el monte Olimpo se consideraba el hogar de los dioses olímpicos, el panteón principal de la mitología griega. Doce dioses principales vivían aquí, en esta alta y majestuosa montaña, entre ellos Zeus, Hera, Poseidón y Atenea.

El monte Olimpo no era sólo un lugar geográfico, sino también un símbolo de poder, autoridad y divinidad. Los antiguos griegos imaginaban el monte Olimpo como un lugar de esplendor inaccesible para los seres humanos, donde los dioses vivían en eterna juventud y felicidad, festejando y discutiendo asuntos mundanos.

El acceso al Inframundo se realizaba a través de varias entradas repartidas por toda Grecia, como las cuevas de Taenarus y las aguas del río Aqueronte. El Inframundo estaba dividido en varias secciones, entre ellas los Campos Elíseos, reservados a las almas virtuosas, y el Tártaro, prisión de los Titanes malvados y rebeldes. El viaje de Orfeo para salvar a su amada Eurídice y la odisea de Heracles para capturar a Cerbero, el perro de tres cabezas, son algunos de los mitos más famosos relacionados con el Inframundo.

Uno de los lugares míticos más evocadores es la Atlántida, una isla legendaria mencionada por primera vez por Platón en sus diálogos "Timeo" y "Cirtia". La Atlántida fue descrita como un lugar de gran riqueza y progreso tecnológico, pero fue destruida en un cataclismo divino debido a su corrupción moral. La leyenda de la Atlántida ha fascinado a eruditos, escritores y aventureros durante siglos, inspirando numerosas teorías e investigaciones sobre la posible ubicación de esta ciudad perdida.

Otro lugar mítico de gran importancia es el Jardín de las Hespérides, un paraíso terrenal situado en los confines del mundo conocido. Este jardín era conocido por sus manzanos de oro, custodiados por las ninfas Hespérides y el dragón Ladón. Las manzanas de oro eran símbolos de inmortalidad y belleza, y fueron el centro de uno de los doce trabajos de Heracles, que tuvo que robarlas para llevárselas al rey Euristeo. El Jardín de las Hespérides representa un lugar de perfección inaccesible, símbolo de lo divino e inalcanzable para el ser humano.

Además de lugares míticos, la mitología griega es rica en relatos ambientados en ciudades y regiones históricas que han adquirido una dimensión legendaria. Atenas, por ejemplo, no sólo es una ciudad histórica, sino también el centro de numerosas leyendas. Se consideraba que la ciudad estaba bajo la protección de la diosa Atenea, que ganó el patrocinio de la ciudad en una competición contra Poseidón. Atenas es también escenario de las hazañas de héroes como Teseo, que liberó a la ciudad del tributo humano impuesto por el rey Minos de Creta matando al Minotauro en el laberinto de Cnosos.

Otra ciudad legendaria es Tebas, famosa por su trágica historia y sus héroes. Fundada por Cadmo, que sembró los dientes de un dragón muerto de los que nacieron los guerreros Sparti, Tebas es escenario de numerosos mitos. La ciudad fue escenario de las historias de Edipo, el rey maldito que mató a su padre y se casó con su madre, y de los sucesos de los Siete contra Tebas, una guerra épica narrada por Esquilo.

Troya, inmortalizada por los poemas homéricos "Ilíada" y "Odisea", es otra ciudad legendaria. Situada en la actual Turquía, Troya fue el centro de una de las guerras más famosas de la mitología griega, provocada por el rapto de Helena por el príncipe troyano Paris. Troya representa el conflicto épico, el honor de los guerreros y los estragos de la guerra.

La Creta mitológica es una isla de gran importancia, hogar del rey Minos y del terrible Minotauro. El mito del laberinto, construido por Dédalo para encerrar al Minotauro, y la leyenda de Teseo derrotando a la criatura, figuran entre los relatos más fascinantes de la mitología griega. Creta también estaba asociada al culto de Zeus, quien, según el mito, nació y se ocultó en la isla para escapar de la furia de Kronos. La isla de Creta simboliza el misterio y el engaño, y su mitología refleja las complejas interacciones entre dioses y mortales.

Esparta, famosa por su cultura militar, es también escenario de numerosos mitos y leyendas. Fundada, según el mito, por los gemelos Cástor y Pólux, hijos de Zeus y Leda, Esparta era famosa por su disciplina y valor. La ciudad también está vinculada a la leyenda de Helena de Troya, considerada la mujer más bella del mundo, cuyo rapto provocó el estallido de la guerra de Troya. La mitología espartana hace hincapié en los valores de fuerza, honor y lealtad, reflejo de las cualidades que los espartanos consideraban esenciales.

Otro ejemplo significativo es Micenas, una de las ciudades más poderosas de la antigua Grecia y hogar de Agamenón, el líder griego en la guerra de Troya. La leyenda de Agamenón, que regresó a su hogar sólo para ser asesinado por su esposa Clitemnestra, es una de las historias más dramáticas de la mitología griega. Micenas se consideraba un símbolo de poder y tragedia, una ciudad cuyo glorioso pasado también estaba marcado por profundas divisiones e intrigas familiares.

Cólquida, situada en los confines del mundo griego conocido, es famosa por el mito del Vellocino de Oro y la empresa de los argonautas. Jasón y sus compañeros, entre los que se encontraban héroes como Heracles y Orfeo, viajaron a Cólquida para recuperar el vellocino, símbolo del poder real y la legitimidad. Colchis representa lo desconocido y lo exótico, un lugar de desafíos y aventuras más allá de las fronteras del mundo griego.

El papel de la mitología en la cultura griega

La mitología griega constituía el núcleo de la religión en la antigua Grecia e influía profundamente en todos los aspectos de la vida religiosa y ceremonial. Los dioses y diosas del panteón griego no eran meras figuras mitológicas, sino entidades adoradas activamente a través de cultos, templos y rituales. Cada ciudad-estado griega tenía sus propias deidades patronas y santuarios, donde se celebraban ceremonias religiosas para honrar y apaciguar a los dioses. Por ejemplo, Atenas estaba consagrada a Atenea, la diosa de la sabiduría, mientras que Esparta rendía culto a Artemisa y Apolo.

Los ritos religiosos griegos incluían sacrificios de animales, ofrendas de comida, bebida y objetos de valor, así como festivales y juegos en honor de los dioses. También eran muy importantes los Misterios de Eleusis, un antiguo rito de iniciación dedicado a Deméter y Perséfone, que atraía a participantes de todo el mundo griego y prometía revelaciones místicas y la esperanza de una vida después de la muerte.

Estas prácticas religiosas estaban profundamente entrelazadas con la mitología. Los mitos explicaban el origen de los rituales y las celebraciones, proporcionando un contexto narrativo que vinculaba los mundos humano y divino. Por ejemplo, los mitos de Deméter y Perséfone explicaban los cambios estacionales y justificaban los rituales agrícolas que garantizaban una cosecha abundante. Así pues, la mitología no sólo servía de entretenimiento, sino también de base para la comprensión y la práctica de la religión.

La mitología griega influyó profundamente en la vida cotidiana de los antiguos griegos. Las historias de dioses y héroes proporcionaban modelos de comportamiento y enseñanzas morales. Los héroes mitológicos, como Heracles, Teseo y Aquiles, representaban virtudes como el valor, la fuerza y el honor, muy valoradas en la sociedad griega. Sus hazañas se contaban para inspirar y educar, dando ejemplos de cómo afrontar los retos y superar las dificultades.

Las deidades griegas también estaban estrechamente vinculadas a las actividades cotidianas. Los marineros rezaban a Poseidón por la seguridad en el mar, y los agricultores adoraban a Deméter por las buenas cosechas. Esta conexión entre mitología y vida cotidiana creaba una sensación de continuidad e interdependencia entre los mundos humano y divino.

La mitología griega también influyó en la educación y la cultura. Los mitos eran parte integrante del currículo escolar y se enseñaban a través de la poesía épica de Homero y la poesía didáctica de Hesíodo. Los jóvenes griegos aprendían de memoria las historias de dioses y héroes, que no sólo servían como entretenimiento, sino también como herramientas pedagógicas para transmitir valores culturales y morales. El conocimiento de los mitos se consideraba un signo de cultura y refinamiento, y la capacidad de citarlos e interpretarlos correctamente se valoraba en las discusiones filosóficas y literarias.

Además, la mitología griega impregnaba el arte y la arquitectura. Las representaciones de escenas mitológicas eran habituales en jarrones, frescos, esculturas y relieves. Los templos y santuarios se decoraban a menudo con imágenes de dioses y mitos, creando espacios sagrados que celebraban las historias y los valores de la mitología griega. Estas representaciones visuales servían para educar al público, recordarle los mitos y reforzar el vínculo entre la comunidad y sus dioses.

En resumen, la mitología griega no era sólo una colección de historias fantásticas, sino un elemento fundamental de la cultura y la vida cotidiana de la antigua Grecia. A través de los mitos, los antiguos griegos explicaban el mundo que les rodeaba, celebraban sus creencias religiosas y transmitían sus valores culturales y morales. La mitología griega sigue siendo un testimonio perdurable de la riqueza y complejidad de la civilización griega, y sigue influyendo en nuestra comprensión del pasado y el presente.

CAPÍTULO 2:

LOS DIOSES DE OLIMPO

Los doce dioses del Olimpo

Los dioses olímpicos representan el corazón del panteón griego, y sus historias están impregnadas de poder, pasión y tragedia. Estos doce dioses eran considerados los principales habitantes del monte Olimpo, la montaña sagrada que servía de residencia divina. Cada deidad tenía un dominio específico, que simbolizaba aspectos fundamentales de la vida y el universo. En esta sección, exploraremos los doce dioses principales del Olimpo, cada uno con sus propias características y mitos fascinantes.

Zeus: Rey de los Dioses

Rey de los dioses, era la deidad suprema del panteón griego. Nacido de Crono y Rea, Zeus consiguió derrocar a su padre Crono y liberar a sus hermanos, estableciéndose como soberano del Olimpo. Zeus era el dios del cielo y del trueno, y su arma principal era el rayo, símbolo de su poder absoluto. Se le adoraba como garante del orden y la justicia, y sus decisiones se consideraban incuestionables.

Las historias sobre Zeus son numerosas y variadas, desde sus aventuras amorosas hasta sus batallas contra los Titanes. Zeus era conocido por su infidelidad conyugal, ya que tenía numerosas amantes entre mortales y dioses. De sus uniones nacieron muchos héroes famosos, como Heracles y Perseo. A pesar de sus escapadas, Zeus era respetado y temido como protector de la hospitalidad y castigador de quienes violaban las leyes divinas.

Hera: Diosa del Matrimonio

Reina de los dioses, presidía el matrimonio y la familia. Esposa y hermana de Zeus, Hera era representada a menudo como una deidad majestuosa y severa, celosa de las infidelidades de su marido. A pesar de sus celos, Hera era venerada como protectora de las mujeres casadas y de los nacimientos, y se buscaban sus bendiciones para garantizar matrimonios felices y prósperos.

Hera está presente en muchos mitos griegos, a menudo como antagonista de los hijos ilegítimos de Zeus. Por ejemplo, persiguió a Heracles con numerosas pruebas y sufrimientos a causa de sus celos. Sin embargo, Hera también tenía un lado compasivo y protector, que se manifestaba en su apoyo a los héroes que respetaban sus virtudes. El culto a Hera era especialmente fuerte en Argos y Samos, donde se erigieron magníficos templos en su honor.

Poseidón: Dios del Mar

Hermano de Zeus y Hades, era el dios del mar, los terremotos y los caballos. Con su tridente, Poseidón podía sacudir la tierra y desatar violentas tormentas, reflejo de la naturaleza impredecible y poderosa del océano. Era venerado por marineros y pescadores, que buscaban su protección para una navegación segura y abundantes capturas.

Poseidón es protagonista de numerosos mitos, a menudo en conflicto con otras deidades por el dominio de diversas regiones. Uno de los mitos más conocidos es su disputa con Atenea por el control de Atenas, que culminó con la victoria de Atenea gracias a la ofrenda de un olivo, símbolo de paz y prosperidad. Poseidón también fue conocido por crear criaturas míticas, como los caballos y el monstruo marino Escila. Su influencia se extendió más allá del mar, convirtiéndolo en una figura central del panteón griego.

Deméter: Diosa de la Agricultura

Hermana de Zeus, era la diosa de la agricultura y la fertilidad. Se la veneraba como dadora de las cosechas y símbolo del esplendor de la tierra. Deméter estaba profundamente vinculada a los ciclos de la naturaleza, y su culto se centraba en la celebración del cambio de las estaciones y la cosecha.

El mito más famoso de Deméter se refiere a su hija Perséfone, que fue raptada por Hades para convertirla en la reina del inframundo. La desesperación de Deméter por la pérdida de Perséfone provocó un invierno que destruyó las cosechas, hasta que se llegó a un acuerdo: Perséfone pasaría parte del año con Hades y parte con Deméter.

Atenea: Diosa de la Sabiduría

Hija de Zeus, representaba la sabiduría, la estrategia militar y las artes. Nacida de la cabeza de Zeus, completamente armada, Atenea representaba la inteligencia y la fuerza combinadas. Era venerada como protectora de ciudades, artesanos y filósofos, y Atenas, la capital de Grecia, fue nombrada en su honor.

Atenea era conocida por su sabiduría y valentía, y a menudo intervenía en los mitos para ayudar a los héroes. Uno de sus protegidos más famosos fue Odiseo, a quien aconsejó y protegió durante su largo viaje de vuelta a casa. Atenea también está vinculada al mito de la creación del olivo, que regaló a los atenienses como símbolo de paz y prosperidad.

Apolo: Dios del Sol y de las Artes

Hijo de Zeus y Leto, era adorado como dios del sol, la música, la poesía, la profecía y la medicina. Representaba la armonía y el orden, y a menudo se le representaba con la lira, un instrumento musical sagrado para él. Apolo era considerado uno de los dioses olímpicos más bellos y talentosos.

Apolo era venerado en Delfos, donde su oráculo, la Pitia, pronunciaba profecías inspiradas por el dios. Apolo también era conocido por sus victorias sobre criaturas monstruosas, como la serpiente Pitón, a la que mató para reclamar el emplazamiento de Delfos.

Artemisa: Diosa de la Caza

Artemisa era también la protectora de las jóvenes y de la castidad, y su culto estaba muy extendido por toda Grecia, con templos famosos como el de Éfeso.

Uno de los mitos más famosos sobre Artemisa es la historia de Acteón, un cazador que, tras ver a la diosa desnuda mientras se bañaba, fue transformado en ciervo y mutilado por sus propios perros. Este mito subraya la importancia de la pureza y la veneración respetuosa de la diosa.

Ares: Dios de la Guerra

A pesar de ser uno de los dioses del Olimpo, Ares no era especialmente querido por los demás dioses ni por los seres humanos, que le temían por su naturaleza violenta.

Ares está presente en muchos mitos griegos como figura antagónica. A menudo representaba el lado más oscuro de la guerra, ensalzando la violencia y el sufrimiento que conlleva. A pesar de ello, Ares también tenía un lado fascinante para los guerreros, que veían en él un símbolo de valor y fuerza física. Su culto estaba más extendido en regiones guerreras como Esparta, donde se valoraba mucho el valor militar.

Afrodita: Diosa del Amor

Los mitos sobre Afrodita son numerosos y fascinantes. Uno de los más famosos es su implicación en la guerra de Troya, desencadenada por la disputa sobre la "manzana de la discordia" que Paris concedió a Afrodita como premio a la mujer más bella, Helena. Afrodita estaba casada con Hefesto, pero tuvo numerosos amantes, entre ellos Ares y Adonis. Su culto era especialmente intenso en Chipre y Corinto, donde los templos dedicados a ella celebraban la belleza y la fertilidad.

Hefesto: Dios del Fuego y la Forja

Nacido de Hera, era el dios del fuego, la metalurgia y los artesanos. Nacido deforme, fue arrojado del Olimpo por su madre, pero sobrevivió y se convirtió en el herrero divino, creando armas y armaduras para los dioses. Hefesto fue el esposo de Afrodita, aunque su matrimonio estuvo marcado por la infidelidad de la diosa.

Hefesto era venerado como patrón de los artesanos y herreros. Su taller, situado bajo el Etna o en las profundidades del Olimpo, era el lugar donde creaba obras maravillosas, como el escudo de Aquiles y el trono de oro de Zeus. El mito de Hefesto reflejaba la importancia de la artesanía y la creatividad en la sociedad griega, celebrando el ingenio humano y la capacidad de transformar la materia prima en arte.

Hermes: Mensajero de los Dioses

Hermes era representado con sandalias aladas y un caduceo, un bastón entrelazado con serpientes, símbolo de paz y negociación.

Uno de los mitos más conocidos es su papel en la liberación de Perséfone del Inframundo, donde actuó como mediador entre Deméter y Hades. Hermes también era venerado como guía de las almas en el inframundo, acompañando a los difuntos en su viaje final.

Dioniso: Dios del vino y la fiesta

Hijo de Zeus y Sémele, era el dios del vino, la fiesta y el teatro. Representaba la embriaguez, la liberación de las ataduras sociales y el éxtasis divino. A menudo se le representaba con una copa de vino y acompañado de sátiros y ménades, que celebraban fiestas salvajes y rituales orgiásticos.

El culto a Dioniso era especialmente popular y estaba muy extendido, con festivales como la Dionisia y la Bacanal que celebraban la vida, la muerte y el renacimiento. Dioniso era también el patrón del teatro, y en su honor se representaban tragedias y comedias griegas. Su dualidad, que combinaba placer y destrucción, reflejaba la complejidad de la naturaleza humana y la búsqueda de sentido a través de la experiencia sensorial.

Dioses y diosas menores

Además de los doce dioses principales del Olimpo, el panteón griego incluía numerosas deidades menores, cada una con sus propios dominios y fascinantes historias. Estas deidades menores desempeñaron papeles cruciales en los mitos y la religión griegos, representando a menudo aspectos específicos de la naturaleza o la vida humana. En esta sección exploraremos tres de las deidades menores más importantes: Hades, Perséfone y Hécate.

Hades: Dios del Inframundo

Hermano de Zeus y Poseidón, era el dios del inframundo y gobernaba el reino de los muertos. Mientras Zeus gobernaba los cielos y Poseidón los mares, Hades gobernaba las profundidades de la tierra, donde las almas de los muertos encontraban su hogar eterno. A pesar de su asociación con la muerte, Hades no era considerado un dios maligno, sino una figura justa y severa que administraba el destino de las almas.

A Hades se le representaba a menudo con un casco que le hacía invisible, símbolo de su capacidad para pasar desapercibido entre los mundos de los vivos y los muertos. Hades era también el guardián de las riquezas subterráneas, como los metales preciosos y las gemas, que se encontraban en las profundidades de la tierra.

Uno de los principales mitos relacionados con Hades es el rapto de Perséfone, hija de Deméter. Hades, enamorado de Perséfone, la raptó para convertirla en su reina. Este suceso desencadenó la desesperación de Deméter, que provocó que la tierra se volviera estéril hasta que se llegó a un acuerdo: Perséfone pasaría parte del año con Hades y parte con Deméter, explicando así el ciclo de las estaciones. Hades, a pesar de ser una deidad temida, era respetado como juez imparcial del más allá.

Perséfone: Reina del Inframundo

Hija de Deméter y Zeus, era la diosa de la primavera y soberana del inframundo. Su dualidad como diosa de la fertilidad y soberana del reino de los muertos representa la naturaleza cíclica de la vida y la muerte, y simboliza el renacimiento y la renovación.

El mito más conocido de Perséfone es su rapto por Hades. Perséfone pasó seis meses con Hades y seis meses con Deméter, lo que dio lugar a la alternancia del invierno y la primavera.

Durante su estancia en el Inframundo, Perséfone ejerció el poder como reina, recibiendo las almas de los muertos y ayudando a Hades en el juicio de las almas. Era venerada en los Misterios de Eleusis, donde su mito con Deméter se celebraba en un rito de iniciación que prometía el renacimiento espiritual y la vida después de la muerte. Perséfone representaba así la esperanza y la continuidad de la vida a través de los ciclos naturales.

Hécate: Diosa de la Magia

Una de las deidades más misteriosas y poderosas del panteón griego, era la diosa de la magia, la hechicería, la noche y las encrucijadas. A diferencia de muchas otras deidades, Hécate tenía un culto que se extendía más allá del mundo griego, con raíces en las tradiciones de Tracia y Asia Menor.

A Hécate se la asociaba con momentos de transición y lugares fronterizos, como puertas, encrucijadas y umbrales entre el mundo de los vivos y el de los muertos. Su presencia se invocaba en ritos protectores y prácticas mágicas. Los fieles le ofrecían alimentos y sacrificios, especialmente durante las noches de luna nueva, cuando su influencia era más poderosa. Se la consideraba guía de las almas de los muertos, iluminando su camino con sus antorchas.

El culto a Hécate se caracterizaba por prácticas esotéricas y misteriosas. Magos y hechiceros invocaban su nombre en sus hechizos y rituales, buscando su favor para obtener poderes sobrenaturales. Hécate también era considerada una diosa benévola, que protegía a los fieles del mal y de las influencias negativas. Su figura combinaba elementos de terror y protección, lo que la convertía en una deidad compleja y profundamente venerada.

Hécate aparece en varios mitos, a menudo como aliada de las deidades principales. Por ejemplo, en el mito de Perséfone, Hécate ayudó a Deméter a buscar a su hija secuestrada, utilizando sus conocimientos de magia y del inframundo. Este papel de guía y protectora de mujeres y brujas cimentó su posición como una de las deidades más respetadas y temidas del panteón griego.

CAPÍTULO 3:

HÉROES Y LEYENDAS

Los grandes héroes

La mitología griega está poblada por una serie de héroes legendarios, cada uno de los cuales se enfrentó a pruebas extraordinarias y realizó hazañas épicas. Estos héroes no sólo eran figuras de extraordinario valor y fuerza, sino también símbolos de la virtud humana y representantes de las aspiraciones de la sociedad griega. Entre los más famosos de estos héroes se encuentran Heracles, Teseo y Perseo, cada uno de los cuales dejó una huella indeleble en la cultura y la mitología griegas.

Heracles: Los Doce Trabajos

Sin embargo, su vida estuvo marcada por la tragedia y el desafío, ya que fue perseguido por la diosa Hera desde su nacimiento a causa de la infidelidad de Zeus.

El mito más famoso asociado a Heracles es el de los Doce Trabajos, una serie de hazañas aparentemente imposibles que se le impusieron como penitencia por matar a sus propios hijos en un ataque de locura inducido por Heracles. Estos trabajos no sólo demostraban la fuerza y la astucia de Heracles, sino también su capacidad para superar el dolor y la culpa.

1. **El León de Nemea**: La primera tarea requería que Heracles matara al León de Nemea, una bestia invulnerable. Heracles estranguló al león con su fuerza sobrehumana y utilizó su piel como armadura.

2. **La Hidra de Lerna**: La segunda tarea era matar a la Hidra, una serpiente de múltiples cabezas que regeneraba dos cabezas por cada cabeza cortada. Con la ayuda de su sobrino Iolaus, Heracles cauterizó las heridas para evitar la regeneración de las cabezas y finalmente enterró la cabeza inmortal bajo una roca.

3. **La Cerinia**: La tercera tarea consistía en capturar a la Cerinia, sagrada para Artemisa,

sin herirla. Heracles consiguió capturarla tras una larga persecución, demostrando no sólo su fuerza sino también su paciencia.

4. **El Jabalí de Erimantina**: La cuarta tarea requería capturar vivo al Jabalí de Erimantina. Heracles lo atrapó en una trampa de nieve y se lo llevó al rey Euristeo.

5. **Los establos de Augia**: La quinta tarea consistía en limpiar los establos de Augia, que llevaban treinta años sin limpiarse. Heracles desvió el curso de dos ríos para lavar toda la suciedad en un solo día.

6. **Los pájaros del** lago Estínfalo: La sexta tarea consistía en matar a los pájaros del lago Estínfalo, que aterrorizaban la región. Heracles utilizó los címbalos ruidosos que le había dado Atenea para hacer volar a los pájaros y luego los derribó con flechas.

7. El Toro de Creta: La séptima tarea consistía en capturar al Toro de Creta, un poderoso animal enviado por Poseidón. Heracles

consiguió domar al toro y lo llevó a Micenas.

8. **Las yeguas de Diomedes**: La octava tarea requería la captura de las yeguas carnívoras del rey Diomedes. Heracles las capturó y se las dio de comer al propio Diomedes, calmando así su ferocidad.

9. **El cinturón de Hipólita**: La novena tarea consistía en obtener el cinturón de Hipólita, la reina de las Amazonas. Al principio, Heracles obtuvo el cinturón con el consentimiento de Hipólita, pero tuvo que luchar cuando Hera sembró el caos entre las Amazonas.

10. **Los bueyes de Gerión**: El décimo trabajo consistía en robar los bueyes del gigante Gerión. Heracles mató a Gerión y a su perro de tres cabezas y llevó los bueyes a Euristeo.

11. **Las granadas de las** Hespérides: La undécima tarea consistía en recuperar las

granadas de oro del Jardín de las Hespérides. Heracles tuvo éxito en la tarea con la ayuda de Atlas, que sostuvo el cielo mientras Heracles recogía las manzanas.

12. **Cerbero**: La duodécima y última tarea consistía en capturar a Cerbero, el perro de tres cabezas que custodiaba el Inframundo. Con el permiso de Hades, Heracles consiguió capturar a Cerbero y traerlo a la superficie, demostrando así su capacidad para vencer incluso a la muerte.

Los Doce Trabajos de Heracles no sólo representan sus extraordinarias habilidades físicas y mentales, sino también su camino hacia la redención y la inmortalidad. Al final de sus hazañas, Heracles fue acogido entre los dioses del Olimpo, convirtiéndose en un símbolo eterno de fuerza y resistencia.

Teseo: el minotauro y el laberinto

Teseo, hijo de Egeo, rey de Atenas, y de la princesa Etra, es uno de los héroes más queridos de la mitología griega. Sus aventuras y hazañas son numerosas, pero su mito más famoso es sin duda el del Minotauro y el Laberinto.

La leyenda comienza con el nacimiento del Minotauro, una criatura mitad hombre, mitad toro, nacida de Pasífae, esposa del rey Minos de Creta. Minos, para ocultar a la monstruosa criatura, mandó construir un intrincado laberinto al ingenioso artesano Dédalo.

Teseo, decidido a poner fin a esta barbarie, se ofreció voluntario para ser uno de los jóvenes enviados a Creta. Antes de partir, recibió de su padre Egeo un barco con velas blancas y negras, con instrucciones de cambiar las velas si tenía éxito.

Teseo se enfrentó al Minotauro en el corazón del laberinto. Tras una lucha encarnizada, consiguió matar a la bestia con su espada y, siguiendo el hilo de Ariadna, encontró la salida. De vuelta a Atenas, Teseo fue recibido como un héroe, pero la alegría se vio ensombrecida por la tragedia.

Teseo llevó a cabo muchas otras hazañas, consolidando su papel de héroe y rey de Atenas. Fundó varias instituciones cívicas y religiosas que contribuyeron a hacer de Atenas una de las ciudades más influyentes de la antigua Grecia. El mito de Teseo simboliza el valor, la astucia y la determinación, cualidades que le convirtieron en un modelo de virtud para los atenienses.

Perseo: La Medusa y el rescate de Andrómeda

Su nacimiento está envuelto en el mito: Dánae, encerrada en una torre por su padre Acrisio para evitar una profecía que predecía su muerte a manos de su nieto, fue fecundada por Zeus en forma de lluvia dorada. Cuando Acrisio descubrió el nacimiento de Perseo, madre e hijo fueron metidos en una caja y arrojados al mar, pero sobrevivieron y fueron acogidos en la isla de Serifo.

Entre las hazañas más famosas de Perseo figura la decapitación de la Gorgona Medusa, una criatura con serpientes por pelo, cuya mirada convertía en piedra a cualquiera que se cruzara en su camino. Polidette, rey de Serifo, envió a Perseo a esta misión con la esperanza de deshacerse de él.

Perseo, enamorado de la doncella, se enfrentó al monstruo y lo derrotó, utilizando la cabeza de Medusa para petrificarlo.

De vuelta a Serifo, Perseo utilizó la cabeza de Medusa para petrificar a Polidette y liberar a su madre. Finalmente, la profecía se hizo realidad:

durante una competición atlética, Perseo mató accidentalmente a su abuelo Acrisio con un disco, cumpliendo así el destino que éste había intentado evitar.

Las hazañas de Perseo lo consagraron como uno de los mayores héroes de la mitología griega, símbolo del valor, la piedad filial y la protección de los débiles. Su historia refleja la intervención divina y el destino ineludible que caracterizan a muchos mitos griegos, exaltando la figura del héroe como intermediario entre lo divino y lo humano.

Leyendas épicas

La mitología griega es rica en leyendas épicas que han fascinado a la humanidad durante milenios. De ellas, la Guerra de Troya y la Odisea de Odiseo son las más famosas, pues narran historias de valor, ingenio y destino. Estos relatos no sólo celebran a los héroes protagonistas, sino que también reflejan los valores y preocupaciones de la antigua sociedad griega.

La guerra de Troya

Es uno de los acontecimientos más significativos y narrados de la mitología griega. Este conflicto de diez años entre griegos y troyanos quedó inmortalizado en los poemas épicos de Homero "Ilíada" y "Odisea", e inspiró innumerables obras literarias y artísticas.

Aquiles y Héctor

Son los dos héroes más famosos de la guerra de Troya. Aquiles, hijo de la ninfa Tetis y del rey Peleo, era el guerrero más fuerte y valiente de los griegos. Era prácticamente invulnerable, salvo por su talón, el único punto vulnerable de su cuerpo. Aquiles era conocido por su temperamento ardiente y su deseo de gloria inmortal.

Héctor, príncipe de Troya e hijo de Príamo y Hécuba, fue el defensor de la ciudad y el mayor guerrero troyano. Héctor luchó para proteger su patria y a su familia, demostrando gran valor y lealtad.

La lucha entre Aquiles y Héctor es uno de los momentos más intensos de la Ilíada. A pesar del valor de Héctor, Aquiles se impuso y lo mató. En señal de desprecio, Aquiles ató el cuerpo de Héctor a su carro y lo arrastró por las murallas de Troya. Sólo la intervención de Príamo, que imploró a Aquiles que le devolviera el cuerpo de su hijo para darle la debida sepultura, consiguió aplacar su ira.

El Caballo de Troya

El Caballo de Troya es una de las estratagemas más ingeniosas y famosas de la mitología griega. Tras diez años de asedio infructuoso, los griegos, liderados por Odiseo, idearon un astuto plan para entrar en la ciudad fortificada de Troya. Fabricaron un gigantesco caballo hueco de madera y lo colocaron fuera de los muros de la ciudad, fingiendo que se retiraban del asedio y regresaban a Grecia.

Esa noche, mientras los troyanos celebraban su aparente victoria, los guerreros griegos ocultos en el interior del caballo salieron y abrieron las puertas de la ciudad, permitiendo al ejército griego entrar y saquear Troya.

El Caballo de Troya simboliza la astucia y el engaño, mostrando cómo la mente puede prevalecer sobre la fuerza bruta. Este episodio ha tenido un impacto duradero en la cultura occidental, dando lugar a la expresión "Caballo de Troya" para describir el engaño estratégico.

La Odisea de Ulises

La Odisea, uno de los poemas épicos más famosos de Homero, narra el largo y aventurero viaje de Odiseo (Odysseus en griego) para regresar a casa tras el final de la guerra de Troya. El relato es una epopeya de ingenio, valor y resistencia, que explora temas como el destino, la lealtad y la astucia.

Aventuras y pruebas

Durante su viaje de regreso a Ítaca, Odiseo se enfrentó a numerosas aventuras y pruebas que pusieron a prueba su astucia y valor. Entre ellas, las más memorables son el encuentro con el cíclope Polifemo, la travesía del reino de los muertos y las seducciones de las sirenas.

El cíclope Polifemo: Uno de los episodios más famosos es el encuentro con el cíclope Polifemo, hijo de Poseidón. Odiseo y sus hombres se refugiaron en la cueva del cíclope, pero éste los atrapó y comenzó a devorarlos uno a uno. Con un astuto plan, Odiseo consiguió cegar a Polifemo y escapar con los hombres que le quedaban, escondiéndose bajo las ovejas del cíclope.

El reino de los muertos: Odiseo visitó el reino de los muertos para consultar la sombra del profeta Tiresias, quien le reveló los peligros a los que se enfrentaría y cómo evitarlos. Este episodio refleja el tema de la búsqueda del conocimiento y el enfrentamiento con el propio destino.

Las sirenas: Durante el viaje, Odiseo y sus hombres tuvieron que enfrentarse al canto mortal de las sirenas. Para resistirse a su seducción, Odiseo se hizo atar al mástil del barco y taponó los oídos de sus hombres con cera, consiguiendo así superar el peligro sin caer en la trampa de las Sirenas.

El regreso a Ítaca

Tras diez años de aventuras, Odiseo llegó por fin a Ítaca, pero su regreso no estuvo exento de nuevos desafíos. Con la ayuda de su hijo Telémaco y del fiel porquero Eumeo, Odiseo planeó un astuto regreso.

Disfrazado de mendigo para observar la situación y evaluar la lealtad de sus sirvientes, Odiseo fue revelando su identidad a sus aliados. Penélope, por su parte, había mantenido a raya a los prokis con astucia, prometiendo elegir un nuevo marido sólo cuando hubiera terminado de tejer una red que desenredaba cada noche.

Odiseo organizó un concurso en el que sólo él podía tensar su arco y lanzar una flecha a través de doce anillos. Tras demostrar su identidad superando la prueba, Odiseo se enfrentó a los proci y, con la ayuda de Telémaco, los mató a todos, recuperando el control de su hogar.

El regreso de Ulises a Ítaca no sólo pone fin a su épico viaje, sino que también representa el triunfo de la lealtad y la inteligencia. Penélope y Ulises, reunidos después de veinte años, son símbolos del amor conyugal y de la resistencia frente a la adversidad. La Odisea celebra el poder del ingenio humano y la capacidad de superar cualquier obstáculo para llegar a su destino.

CAPÍTULO 4:

MONSTRUOS Y CRIATURAS MITOLÓGICAS

Criaturas legendarias

La mitología griega está poblada por una gran variedad de monstruos y criaturas mitológicas, cada una de las cuales encarna elementos de terror, asombro y simbolismo. Estas criaturas no sólo enriquecen las historias y leyendas, sino que también sirven para explorar temas como el valor, el engaño y la confrontación con lo desconocido. En esta sección, examinamos algunas de las criaturas más emblemáticas de la mitología griega: el Minotauro, la Quimera y la Hidra de Lerna.

El Minotauro

El Minotauro es una de las criaturas más emblemáticas de la mitología griega, un monstruo mitad hombre, mitad toro, nacido de la unión entre Pasífae, esposa de Minos, rey de Creta, y un toro sagrado. Sin embargo, Minos, impresionado por la belleza del animal, decidió quedárselo para sí y sacrificar otro toro en su lugar.

El Minotauro estaba prisionero en el Laberinto, una intrincada e ineludible estructura diseñada por el ingenioso artesano Dédalo. El Laberinto se encontraba bajo el palacio de Minos en Cnosos, y cada año Atenas se veía obligada a enviar siete jóvenes y siete doncellas como tributo para ofrecérselos como alimento a la criatura. Esta práctica bárbara simbolizaba el dominio de Creta sobre Atenas y el horror que representaba el Minotauro.

Teseo, héroe y príncipe de Atenas, decidió poner fin a esta matanza. Con la ayuda de Ariadna, hija de Minos, que le proporcionó un ovillo de hilo para trazar el camino a través del Laberinto, Teseo consiguió encontrar y derrotar al Minotauro, liberando así a Atenas del horrible sacrificio. Este mito no sólo celebra el ingenio y el valor de Teseo, sino que también explora temas de redención y liberación de la opresión.

La Quimera

La Quimera es otra criatura legendaria de la mitología griega, conocida por su forma compuesta y terrorífica. A menudo representada respirando fuego, la Quimera era temida por su ferocidad y poder destructivo.

Según la leyenda, la Quimera era hija de Tifón y Equidna, dos de las criaturas más monstruosas de la mitología griega. Tifón, un gigante con cien cabezas de dragón, y Equidna, mitad mujer y mitad serpiente, engendraron numerosos monstruos, entre ellos la Quimera. Esta criatura aterrorizó la región de Licia, asolando pueblos y sembrando el terror allá por donde pasaba.

Equipado con una lanza y un escudo, Belerofonte sobrevoló a la criatura y la atacó desde arriba, evitando así su aliento de fuego. Tras una batalla épica, consiguió golpear a la Quimera con su lanza, matándola y liberando a Licia de su amenaza.

El mito de la Quimera representa la lucha contra el caos y la fuerza destructiva de la naturaleza, y simboliza la capacidad de la humanidad para superar obstáculos insuperables mediante el valor y el ingenio.

La Hidra de Lerna

Esta criatura serpentina de nueve cabezas habitaba los pantanos de Lerna, una región pantanosa y misteriosa. Además, la Hidra tenía un aliento venenoso y su sangre era muy tóxica.

La Hidra es conocida sobre todo por ser uno de los adversarios de Heracles en sus Doce Trabajos. La segunda tarea impuesta a Heracles era matar a la Hidra. Acompañado por su sobrino Iolaus, Heracles viajó a los pantanos de Lerna para enfrentarse a la bestia. Tras descubrir que cortar cabezas era inútil, Heracles adoptó una nueva estrategia: cada vez que cortaba una cabeza, Iolaus cauterizaba la herida con una antorcha, impidiendo así la regeneración.

Tras una larga y difícil batalla, Heracles consiguió finalmente derrotar a la Hidra. Sin embargo, la cabeza central, que era inmortal, quedó enterrada bajo una gran roca. Esta herramienta le fue útil en muchas de sus hazañas posteriores.

El mito de la Hidra de Lerna simboliza la lucha contra un mal aparentemente invencible y la necesidad de encontrar soluciones innovadoras para superar obstáculos extremos. La tenacidad y determinación de Heracles, combinadas con su ingenio, le permitieron imponerse a una de las criaturas más temibles de la mitología griega.

Seres sobrenaturales

La mitología griega no sólo está poblada de terribles monstruos, sino también de seres sobrenaturales que fascinan y encantan. Estas criaturas poseen a menudo poderes extraordinarios y desempeñan papeles cruciales en las historias de héroes y dioses. Entre los seres sobrenaturales más famosos están las sirenas, las gorgonas y las ninfas.

Las sirenas

Las sirenas son figuras fascinantes y peligrosas de la mitología griega, conocidas por su melodioso canto que atraía a los marineros a su perdición. A menudo descritas como mitad mujer y mitad pájaro, o en otras versiones como mitad mujer y mitad pez, las sirenas habitaban islas rocosas y acantilados traicioneros. Su irresistible canto era capaz de embrujar a cualquiera que lo escuchara, llevando a los desafortunados marineros a estrellarse contra las rocas y tener un trágico final.

En su largo viaje de regreso a Ítaca, Odiseo tuvo que enfrentarse al peligroso tramo de mar habitado por las sirenas. Consciente del peligro, siguió el consejo de la hechicera Circe: Ulises se hizo atar al mástil del barco y taponó los oídos de sus hombres con cera para poder escuchar el canto de las sirenas sin caer en su trampa. La estrategia funcionó, y la nave de Ulises consiguió pasar indemne.

Las sirenas representan la seducción y el peligro de lo desconocido, un señuelo irresistible que puede llevar a la destrucción. Su mito es una advertencia sobre los riesgos de dejarse llevar por la tentación y el encanto de lo prohibido. Estas criaturas no sólo eran peligrosas para los marineros, sino también para cualquiera que se atreviera a acercarse demasiado a su isla. Las sirenas se interpretan a menudo como símbolos de los deseos incontrolables y las distracciones que pueden desviar a una persona de su verdadero camino.

Además de en la Odisea, las sirenas aparecen en muchas otras historias y obras de la Antigüedad. En las epopeyas y tragedias griegas, su canto se describe como dulce y terrible a la vez, evocando la belleza del pasado y la promesa de placeres futuros, pero siempre con un precio mortal. Algunos relatos las describen como hijas del dios del río Aqueloo y una musa, lo que subraya su naturaleza divina y su conexión con las artes y la belleza.

Las Gorgonas

Las Gorgonas son un trío de hermanas monstruosas, pero la más famosa de ellas es sin duda Medusa. Las Gorgonas eran descritas como criaturas con serpientes por pelo y un aspecto tan horrible que cualquiera que las mirara a los ojos quedaba petrificado al instante. Las hermanas de Medusa, Esteno y Euríale, eran inmortales, a diferencia de Medusa, que era mortal. Su aspecto era tan aterrador que muchos héroes evitaban enfrentarse a ellas, temiendo el destino de la petrificación.

El mito de Medusa está vinculado al héroe Perseo. Hija de los dioses del mar Forco y Ceto, Medusa fue convertida en monstruo por Atenea como castigo por haber sido violada por Poseidón en el templo de la diosa. Perseo recibió el encargo de decapitar a Medusa y, con la ayuda de dones divinos como el escudo reflectante de Atenea y el casco de invisibilidad de Hades, lo consiguió.

Medusa es un poderoso símbolo de transformación y castigo. Su figura sigue evocando imágenes de terror y fascinación, y su historia se interpreta a menudo como una metáfora de la capacidad de superar el horror y el trauma mediante el ingenio y el valor. La decapitación de Medusa representa la victoria de la mente sobre el horror físico, un tema que ha resonado a lo largo de los siglos. Su cabeza, aún capaz de petrificarse tras la muerte, fue utilizada por Perseo como arma para derrotar a enemigos y monstruos.

Las Gorgonas, y Medusa en particular, se han convertido en iconos culturales que representan la transformación y la dualidad entre belleza y terror. En la cultura moderna, Medusa ha sido reinterpretada de numerosas maneras, a menudo como símbolo del poder femenino y la resistencia contra la opresión.

Las ninfas

Las ninfas son divinidades menores de la naturaleza, a menudo asociadas a elementos específicos como ríos, árboles, montañas y cuevas. Estas criaturas encantadoras y benévolas se consideraban protectoras de la naturaleza y habitaban lugares remotos y vírgenes. Existen varios tipos de ninfas, cada una con su propio dominio: las Náyades (ninfas de agua dulce), las Dríades (ninfas de los árboles), las Oreads (ninfas de las montañas) y muchas otras. Su belleza y gracia las convirtieron en objeto de veneración y amor en muchas historias mitológicas.

Las ninfas desempeñaron un papel importante en las leyendas griegas, a menudo como ayudantes de héroes y dioses. Eran conocidas por su belleza etérea y su comportamiento juguetón, pero también podían ser vengativas si sus territorios sagrados se veían amenazados o profanados. Un ejemplo famoso es el mito de Dafne, una ninfa amada por Apolo.

Las ninfas representan la belleza y el carácter sagrado de la naturaleza. A través de sus historias, la mitología griega celebra el vínculo entre el hombre y el entorno natural, recordándonos la importancia de respetar y proteger la naturaleza. Su presencia en las leyendas subraya a menudo la maravilla y el misterio de los lugares salvajes, y su protección de los recursos naturales refleja una conciencia ecológica ante litteram.

Las historias de las Ninfas son numerosas y variadas. Por ejemplo, las Náyades eran responsables de las aguas dulces, como ríos, manantiales y lagos, y se creía que tenían el poder de curar y traer la fertilidad. Las dríades, o ninfas de los árboles, estaban estrechamente vinculadas a cada árbol, y sus vidas estaban íntimamente relacionadas con la salud de su árbol. Las Oreads, ninfas de las montañas, vivían en cuevas y cavernas, y a menudo se las consideraba guardianas de las alturas y las rocas.

Además de su belleza y gracia, las ninfas eran también símbolos de libertad e independencia. Muchos relatos las presentan como espíritus libres que se mueven por la naturaleza con una gracia y ligereza sin igual. Sin embargo, su vindicta en respuesta a la profanación también refleja la fragilidad del equilibrio natural y la importancia de respetar el medio ambiente.

En el Renacimiento, pintores como Botticelli y Poussin representaron escenas de ninfas danzantes y paisajes idílicos, celebrando la belleza de la naturaleza. En épocas más recientes, las ninfas han aparecido en novelas, poemas y películas, y siguen encantando y recordándonos la profunda conexión entre el hombre y la naturaleza.

En resumen, los seres sobrenaturales de la mitología griega, como las sirenas, las gorgonas y las ninfas, no sólo enriquecen las historias mitológicas con su presencia fascinante y a veces aterradora, sino que también ofrecen valiosas lecciones sobre la naturaleza humana y el medio ambiente. Estas criaturas mitológicas representan una serie de temas, desde las tentaciones y peligros del deseo hasta la belleza y sacralidad de la naturaleza, y siguen influyendo en la cultura y el imaginario colectivo hasta nuestros días.

Mitos de la transformación

La mitología griega es rica en historias de transformación, en las que los dioses mutan a seres humanos, criaturas e incluso a sí mismos en otras formas por diversos motivos. Estos mitos suelen explorar temas como el amor, el deseo, la venganza y la metamorfosis. Entre los mitos de transformación más conocidos están los de Dafne y Apolo, y Narciso y Eco.

Dafne y Apolo

Apolo, dios de la música, la poesía y la profecía, se enamoró perdidamente de la ninfa Dafne tras ser alcanzado por la flecha de Eros, el dios del amor. Sin embargo, Dafne, devota seguidora de Artemisa y deseosa de conservar su virginidad, no correspondió al amor de Apolo.

Apolo, loco de amor, empezó a perseguir a Dafne por el bosque. Aunque corría deprisa, Dafne sentía a Apolo cada vez más cerca.

Apolo, afligido pero aún enamorado, abrazó el árbol y declaró que el laurel sería sagrado para él. Se hizo una corona de laurel y se la puso, y el laurel se convirtió en símbolo de victoria y honor. Este mito representa la ironía del amor no correspondido y la metamorfosis como forma de escape y protección. La transformación de Dafne no es sólo una huida física, sino también una forma de preservar su pureza y su deseo de permanecer fiel a sí misma y a su devoción por Artemisa. La corona de laurel, que Apolo lleva como signo de honor y recuerdo, se convierte también en un símbolo perdurable de éxito y gloria, asociado a competiciones y victorias.

El mito de Dafne y Apolo suele interpretarse como una reflexión sobre la naturaleza contrapuesta del amor y el deseo. Apolo, dios de la luz y la razón, representa la fuerza imparable del deseo, mientras que Dafne encarna la pureza y la independencia. Su historia ilustra cómo el amor no correspondido puede acarrear trágicas consecuencias e importantes transformaciones, tanto físicas como emocionales. Esta historia también nos recuerda que nuestras pasiones pueden ser tan poderosas como destructivas, y que es crucial respetar los deseos y las limitaciones de los demás.

Narciso y Eco

El mito de Narciso y Eco es una de las historias más famosas de la mitología griega, que explora los temas de la belleza, el orgullo y el destino. Su belleza era tal que muchas se enamoraron de él, pero Narciso, arrogante y desinteresado, rechazó a todas, despertando la ira y el dolor.

Eco, una ninfa de las montañas, se enamoró perdidamente de Narciso. Sin embargo, Eco fue castigada por Hera por distraer a la diosa con una charla incesante mientras Zeus vivía aventuras amorosas. El castigo de Hera significaba que Eco sólo podía repetir las últimas palabras que oía, incapaz de expresar sus sentimientos. Cuando vio a Narciso, Eco quedó cautivada por su belleza y le siguió, pero incapaz de hablar, sólo podía repetir sus palabras.

Un día, Narciso, al darse cuenta de que le seguían, gritó "¿Quién está ahí?", y Eco repitió "¿Quién está ahí?". Cuando Narciso la rechazó, Eco, mortificada y angustiada, se retiró a las cuevas y valles, desvaneciéndose hasta convertirse sólo en un eco.

La diosa Némesis, observando la crueldad de Narciso, decidió castigarlo. Condujo a Narciso a un espejo de agua cristalina donde, al ver su propio reflejo, Narciso se enamoró perdidamente de su propia imagen. Incapaz de separarse de su belleza, Narciso se consumió en esta vana adoración, hasta que murió. De su muerte nació la flor de narciso, que lleva su nombre.

El mito de Narciso y Eco representa la obsesión por uno mismo y las consecuencias de la vanidad, mientras que la historia de Eco refleja la tragedia del amor no expresado y la pérdida de uno mismo. Narciso, completamente atrapado en su propia imagen, ignora el mundo que le rodea y a las personas que le aman, mostrando un nivel de narcisismo que le lleva a la perdición. Su incapacidad para reconocer y responder al amor de los demás es una advertencia contra el egoísmo y la autocomplacencia.

La historia de Eco, por su parte, ilustra el dolor del amor no correspondido y la pérdida de la propia identidad. Reducida a mero eco, la ninfa pierde su capacidad de expresar sus pensamientos y sentimientos, convirtiéndose en símbolo de tristeza y soledad. El castigo de Eco por su parloteo refleja también una advertencia contra la superficialidad y la distracción.

La historia de Dafne y Apolo nos enseña la importancia de respetar los deseos y los límites de los demás, mientras que el mito de Narciso y Eco nos advierte de los peligros de la obsesión por uno mismo y la indiferencia hacia los demás. A través de sus metamorfosis, los personajes de estos mitos encuentran a la vez refugio y castigo, mostrando cómo el cambio puede ser una respuesta a deseos no correspondidos o a comportamientos destructivos.

Además, estos mitos tienen un valor simbólico que va más allá de sus historias concretas. La transformación de Dafne en laurel y el nacimiento de la flor del narciso a partir de Narciso no son sólo metamorfosis físicas, sino que también representan cambios interiores y nuevos comienzos. El laurel, símbolo de victoria y honor, y el narciso, flor que crece cerca del agua, reflejan la idea de que de las experiencias de amor y pérdida pueden nacer nuevas formas de belleza y significado.

En resumen, los mitos transformadores de la mitología griega siguen resonando por su capacidad para explorar temas universales a través de historias convincentes y símbolos poderosos. Las historias de Dafne, Apolo, Narciso y Eco nos invitan a reflexionar sobre nuestras pasiones, nuestro comportamiento y las consecuencias de nuestras acciones, ofreciendo valiosas lecciones que siguen siendo relevantes en el mundo contemporáneo.

CAPÍTULO 5:

INFLUENCIA DE LA MITOLOGÍA GRIEGA

En Cultura y Arte

La mitología griega ha tenido un impacto profundo y duradero en la cultura y el arte, no sólo en la Antigüedad sino también en siglos posteriores.

Mitología en el arte clásico

En el arte griego clásico, la mitología era una fuente inagotable de inspiración. Hay representaciones de escenas mitológicas en una gran variedad de objetos, desde vasijas de cerámica hasta esculturas monumentales.

Los vasos pintados de la antigua Grecia son uno de los testimonios más preciados de la mitología griega. Escenas mitológicas adornaban jarrones de todas las formas y tamaños, utilizados con fines rituales, funerarios y cotidianos. Por ejemplo, la crátera de voluta de Exekias representa el momento en que Aquiles mata a Pentesilea, la reina de las

Amazonas, mientras que la crátera de Eufronios muestra a Heracles luchando contra la Hidra de Lerna. Estos vasos no eran simples objetos cotidianos, sino verdaderas obras maestras artísticas que transmitían historias y valores culturales.

La escultura griega alcanzó su apogeo durante el periodo clásico, con obras que celebraban la belleza ideal y las hazañas heroicas. Las estatuas de dioses y héroes, como el Discóbolo de Mirón, que representa a un atleta lanzando un disco, o la Atenea Partenos de Fidias, una colosal estatua de oro y marfil, eran expresiones de la perfección física y la virtud. Estas esculturas no sólo decoraban templos y espacios públicos, sino que también encarnaban ideales religiosos y morales.

La arquitectura griega estaba profundamente influida por la mitología. Los templos dedicados a los dioses, como el Partenón de Atenas, se construían con una magnificencia que reflejaba la grandeza de las deidades a las que estaban dedicados. Los frontones y metopas de los templos solían estar decorados con relieves que narraban episodios mitológicos, como el nacimiento de Atenea o las hazañas de Heracles.

El arte griego clásico dejó un legado duradero, influyendo en las tradiciones artísticas posteriores del Imperio Romano y más allá. La representación de los mitos griegos en el arte ayudó a preservar y transmitir estas historias, manteniéndolas vivas en la memoria colectiva.

Influencias en la literatura

La literatura griega estuvo profundamente marcada por la mitología, que proporcionó temas, personajes y estructuras narrativas. Las obras de los antiguos poetas y escritores griegos ejercieron una influencia duradera en la literatura occidental, inspirando a generaciones de autores.

Estas epopeyas no sólo describen hazañas heroicas durante la guerra de Troya y el viaje de Odiseo, sino que también exploran temas universales como el honor, la venganza y el destino. Hesíodo, con su Teogonía, proporcionó una genealogía de los dioses, creando una estructura narrativa para comprender el universo mitológico. Estas epopeyas establecieron modelos narrativos y estilísticos que han sido emulados y adaptados en toda la literatura occidental.

Tragediadores como Esquilo, Sófocles y Eurípides utilizaron los mitos para explorar cuestiones morales y sociales. Por ejemplo, la trilogía Oresteia de Esquilo narra la historia de Agamenón, Clitemnestra y Orestes, y examina temas como la justicia, la venganza y la redención. La comedia, interpretada por autores como Aristófanes, a menudo parodiaba los mitos, utilizándolos para criticar la sociedad y la política de la época.

La poesía lírica griega, con poetas como Safo, Alceo y Píndaro, incorporó elementos mitológicos para expresar emociones personales y celebrar acontecimientos públicos. Píndaro, en particular, utilizó mitos en sus odas para celebrar victorias atléticas y glorificar a los vencedores, vinculándolos a héroes y deidades míticas. La lírica griega influyó profundamente en la tradición poética posterior, contribuyendo a configurar los temas y las formas de la poesía occidental.

Con la evolución de la ficción, los escritores griegos comenzaron a explorar los mitos en prosa. Apolodoro, con su Biblioteca, recopiló una vasta colección de mitos, proporcionando una referencia detallada y sistemática para eruditos y lectores. Esta obra, junto con otras como las Metamorfosis de Ovidio (aunque romanas, profundamente influidas por la mitología griega), contribuyeron a preservar y difundir los mitos a lo largo de los siglos.

La literatura griega, con su rico patrimonio mitológico, ha conformado no sólo la cultura antigua, sino también el pensamiento y la imaginación occidentales. Las historias de dioses y héroes siguen inspirando a escritores, poetas y artistas, manteniendo vivo el vínculo con el pasado mítico de Grecia.

Legado en la cultura moderna

La mitología griega ha dejado una huella indeleble no sólo en la cultura antigua, sino también en la moderna. Examinemos cómo ha influido la mitología griega en estos ámbitos.

Mitología griega en el cine y la televisión

La mitología griega ha sido adaptada y reinterpretada innumerables veces en el cine y la televisión, ofreciendo a los espectadores modernos una ventana a un mundo de maravillas y aventuras épicas. Las historias de los mitos griegos, con sus temas universales de valor, amor, venganza y destino, son perfectas para la narración visual. Estas historias no sólo entretienen, sino que también exploran profundos temas filosóficos y morales, manteniendo viva la fascinación por la mitología griega.

Una de las películas más emblemáticas de la mitología griega es Furia de Titanes, que narra las aventuras de Perseo. Estrenada en 1981 y rehecha en 2010, la película explora la batalla de Perseo contra Medusa y el Kraken, mezclando espectaculares efectos especiales con elementos de la mitología griega. La versión de 1981, dirigida por Desmond Davis, es conocida por sus efectos especiales con la técnica de un solo paso, mientras que la versión de 2010, dirigida por Louis Leterrier, utilizó tecnología avanzada de gráficos por ordenador para crear escenas de acción impresionantes. Ambas versiones contribuyeron a mantener viva la leyenda de Perseo e introdujeron estas historias a las nuevas generaciones.

Otro ejemplo significativo es "Hércules" de Disney, una película de animación de 1997 que reinterpreta los Doce Trabajos de Heracles en un formato familiar, introduciendo a toda una generación en las maravillas de la mitología griega. Dirigida por Ron Clements y John Musker, la película presenta una versión más ligera y humorística de la mitología, con canciones memorables y personajes pintorescos. Disney se tomó muchas libertades creativas, transformando a Heracles en un héroe de corazón puro que debe demostrar su valía para ganarse un lugar entre los dioses del Olimpo. A pesar de los cambios respecto a los mitos originales, la película tuvo un impacto significativo, haciendo la mitología griega accesible y divertida para los niños.

Hércules: los viajes legendarios" y su derivada de los años 90 "Xena: la princesa guerrera" acercaron las historias mitológicas a un público amplio, mezclando aventura, drama y humor. Protagonizadas por Kevin Sorbo como Hércules y Lucy Lawless como Xena, estas series se convirtieron en fenómenos de culto. "Hércules: los viajes legendarios" reinterpretó el personaje de Heracles como un héroe viajero que lucha contra monstruos y tiranos, a menudo con la ayuda de su amigo Iolaus. "Xena: la princesa guerrera", inicialmente un personaje secundario de "Hércules", se convirtió en la estrella de su propia serie, narrando las aventuras de una guerrera redimida que intenta compensar sus pecados pasados. Estas series crearon una apasionada base de fans y contribuyeron a mantener viva la fascinación por la mitología griega, influyendo también en la representación de la mujer en los medios de comunicación como figura fuerte e independiente.

Más recientemente, la serie "Percy Jackson y los Olímpicos", basada en los libros de Rick Riordan, reinterpretó los mitos griegos en un contexto moderno, siguiendo las aventuras de un adolescente que descubre que es un semidiós, hijo de Poseidón. Los libros, caracterizados por un tono humorístico y aventurero, exploran temas de identidad, amistad y destino, mientras que las películas y series de televisión adaptan estas historias a la gran pantalla. La serie "Percy Jackson" no sólo introdujo a los jóvenes en la mitología griega, sino que también estimuló un renovado interés por la lectura y el aprendizaje de los mitos.

Otro ejemplo importante es la serie de películas "Wonder Woman", que, aunque está basada en un personaje de DC Comics, bebe profundamente de la mitología griega. La Mujer Maravilla, o Diana Prince, es una amazona, hija de la reina Hipólita, y sus historias están llenas de referencias a los dioses y mitos griegos. Las películas, especialmente las dirigidas por Patty Jenkins y protagonizadas por Gal Gadot, exploran el conflicto entre dioses y humanos, y el viaje de Diana como heroína que intenta traer la paz y la justicia al mundo moderno. Estas películas han tenido un enorme éxito, reforzando aún más el interés por la mitología griega en la cultura popular.

La miniserie "Troya: la caída de una ciudad", producida por la BBC y Netflix, ofrece otra interpretación de la mitología griega, centrada en la guerra de Troya. Esta serie busca ofrecer una visión más realista y humana de los legendarios acontecimientos, explorando las motivaciones y emociones de los personajes principales como Paris, Helena, Aquiles y Héctor. "Troya: la caída de una ciudad" combina drama histórico y mitología, ofreciendo una narración atractiva que trata de mantenerse fiel a las fuentes antiguas.

Además, series como "Blood of Zeus" de Netflix combinan la animación moderna y la mitología clásica, ofreciendo historias originales inspiradas en los mitos griegos. Esta serie de animación cuenta la historia de un joven héroe, Heron, que descubre que es hijo de Zeus y debe luchar contra fuerzas oscuras para salvar el mundo. "Blood of Zeus" mezcla elementos de acción, drama y mitología, creando una fascinante experiencia visual que capta la imaginación de los espectadores modernos.

Los documentales también han explorado la mitología griega, ofreciendo una visión educativa e histórica. Programas como "The Greeks" (Los griegos), de la PBS, y "Treasures of Ancient Greece" (Tesoros de la antigua Grecia), de la BBC, examinan historias y personajes mitológicos, relacionándolos con hallazgos arqueológicos y textos antiguos. Estos documentales no sólo educan, sino que también estimulan una apreciación más profunda de la riqueza cultural de la mitología griega.

En resumen, la mitología griega en el cine y la televisión sigue siendo una fuente inagotable de inspiración y entretenimiento. A través de adaptaciones y reinterpretaciones, estas antiguas historias encuentran nuevas formas de ser contadas y apreciadas, manteniendo viva su fascinación y relevancia. Estos medios modernos no sólo preservan las leyendas griegas, sino que las revitalizan, permitiendo que resuenen en las nuevas generaciones y sigan siendo una parte importante de la cultura mundial.

Influencia en la cultura popular

La mitología griega ha influido profundamente en la cultura popular, impregnando diversos aspectos de nuestra vida cotidiana, desde el arte y la literatura hasta la publicidad y los videojuegos. Las figuras y los temas de la mitología griega se han convertido en símbolos universales, reconocibles y adaptables a múltiples contextos.

En la literatura, muchos autores contemporáneos se han inspirado en los mitos griegos. Escritores como Neil Gaiman, con su libro "American Gods", y Madeline Miller, con "La canción de Aquiles" y "Circe", han reinterpretado las historias clásicas de formas nuevas y fascinantes, explorando la psicología y la complejidad de los personajes mitológicos. Estas obras no sólo mantienen vivos los mitos griegos, sino que los renuevan para un público moderno, añadiéndoles profundidad y relevancia contemporánea.

Incluso en los cómics y las novelas gráficas, la mitología griega encuentra un amplio espacio. Series como Wonder Woman, de DC Comics, se inspiran directamente en la mitología griega: Diana Prince es una amazona, hija de la reina Hipólita, que interactúa regularmente con los dioses del Olimpo. Marvel Comics, con personajes como Thor (a pesar de ser un dios nórdico) y Hércules, mezcla varios panteones mitológicos, creando universos complejos e interconectados que atraen a millones de fans.

El juego no sólo ofrece una atractiva experiencia de juego, sino que también introduce a los jugadores en muchas figuras e historias de la mitología griega, aunque reinterpretadas libremente.

Incluso en el campo de la publicidad y las marcas, las referencias a la mitología griega son omnipresentes. Marcas como Nike, que lleva el nombre de la diosa griega de la victoria, utilizan símbolos y nombres de la mitología para evocar el poder, el éxito y la aspiración. Del mismo modo, la imagen de Atlas sosteniendo el mundo se utiliza a menudo para representar la fuerza y la resistencia.

La mitología griega sigue influyendo en nuestra cultura, ofreciendo un repertorio inagotable de historias, símbolos y temas que resuenan profundamente en la experiencia humana. Ya sea en películas, libros, cómics o videojuegos, las antiguas leyendas griegas siempre encuentran nuevas formas de ser contadas y apreciadas, manteniendo vivo su legado y su atractivo atemporal.

Interpretaciones y estudios modernos

La mitología griega ha seguido siendo objeto de interpretaciones y estudios modernos, proporcionando un terreno fértil para exploraciones en campos como la psicología, la antropología y la sociología. Estos enfoques han enriquecido nuestra comprensión de los relatos mitológicos y sus implicaciones para la naturaleza humana y la sociedad.

Mitología y psicología

Uno de los estudiosos más influyentes que exploró el vínculo entre mitología y psicología es Carl Gustav Jung, fundador de la psicología analítica. Jung veía los mitos como expresiones colectivas del inconsciente humano, que contienen arquetipos universales que reflejan las experiencias y emociones fundamentales de la humanidad. Los arquetipos, como el héroe, el sabio y el embaucador, están presentes en muchas culturas y tradiciones, y la mitología griega ofrece una rica fuente de estos símbolos.

Por ejemplo, el mito de Hércules y sus Doce Trabajos puede interpretarse como un viaje arquetípico del héroe, en el que éste se enfrenta a pruebas difíciles y las supera para lograr su transformación personal. Este proceso refleja el camino de la individuación descrito por Jung, en el que el individuo se enfrenta e integra diversos aspectos de su inconsciente para convertirse en una persona más completa.

Sigmund Freud, el padre del psicoanálisis, también encontró en los mitos griegos una fuente de comprensión de los procesos psicológicos. Freud utilizó este mito para explicar los deseos y conflictos inconscientes que caracterizan el desarrollo psicológico humano.

La mitología griega sigue siendo un valioso recurso para la psicología moderna, ya que ofrece metáforas e historias que ayudan a explorar la psique humana. Mediante el análisis de los mitos, psicólogos y terapeutas pueden ayudar a las personas a comprenderse mejor a sí mismas y su comportamiento, utilizando historias antiguas como herramientas de introspección y crecimiento personal.

Enfoques antropológicos y sociológicos

La antropología y la sociología ofrecen otras perspectivas para la interpretación de la mitología griega, examinando cómo los mitos reflejan y conforman las estructuras sociales, los valores culturales y las prácticas rituales.

Los antropólogos estudian los mitos como narraciones que explican los orígenes del mundo, las relaciones entre los humanos y los dioses y las normas sociales. Por ejemplo, los mitos griegos de la creación, como la Teogonía de Hesíodo, no sólo describen el nacimiento de los dioses y el cosmos, sino que también establecen jerarquías divinas y justifican el orden social. Estos mitos servían para legitimar las estructuras de poder y reforzar la identidad cultural de la sociedad griega.

El antropólogo Claude Lévi-Strauss sugirió que los mitos funcionan como estructuras cognitivas que ayudan a las personas a organizar y comprender el mundo. Mediante el análisis estructural, Lévi-Strauss demostró cómo los mitos griegos utilizan oposiciones binarias, como el caos y el orden, la vida y la muerte, para resolver contradicciones y crear significado.

La sociología, por su parte, examina cómo los mitos influyen y reflejan los cambios sociales y la dinámica del poder. Prometeo representa al héroe que desafía a la autoridad por el bien colectivo, un tema que resuena en muchas revoluciones sociales y políticas.

Mitos como el de Pandora, la primera mujer que trajo calamidades a la humanidad, pueden verse como intentos de explicar y justificar la subordinación de la mujer. Sin embargo, figuras como Atenea y Artemisa también representan modelos de poder y autonomía femeninos, ofreciendo visiones más complejas y polifacéticas de las relaciones de género.

En resumen, los enfoques antropológico y sociológico de la mitología griega nos ayudan a comprender cómo funcionan los mitos como relatos culturales que conforman y reflejan las realidades sociales. Estos estudios muestran cómo los relatos antiguos siguen influyendo en nuestra comprensión de la sociedad y la naturaleza humana, ofreciendo valiosas herramientas de análisis e interpretación.

CAPÍTULO 6:

CONCLUSIONES Y REFLEXIONES

Resumen de los temas principales

La mitología griega, con su riqueza de historias y personajes, sigue ejerciendo una influencia duradera en la cultura y la sociedad contemporáneas. A través de este viaje por las historias de dioses, héroes y criaturas mitológicas, exploramos no sólo las narraciones que dieron forma al mundo antiguo, sino también su impacto en la cultura moderna, el arte, la literatura, la psicología y las ciencias sociales. En esta conclusión, reflexionaremos sobre los principales temas que surgieron y su relevancia contemporánea.

Reflexiones sobre la mitología griega

La mitología griega es mucho más que una colección de historias antiguas; es un corpus complejo que refleja las aspiraciones, los miedos y las experiencias de la civilización griega. Las historias de dioses y héroes abordan temas universales como el poder, el destino, el amor, la venganza y el sacrificio, ofreciendo una lente a través de la cual podemos examinar la condición humana.

Los dioses griegos, con sus pasiones y debilidades, representan una versión amplificada de la propia humanidad. Zeus, con su autoridad soberana y sus frecuentes traiciones, refleja el poder absoluto y sus complejidades morales. Atenea, la diosa de la sabiduría y la guerra estratégica, encarna la inteligencia y la justicia, mientras que Hermes, el mensajero de los dioses, simboliza el ingenio y la comunicación. Estas deidades no son figuras perfectas, sino más bien espejos de las cualidades y defectos humanos, que ofrecen un modelo a través del cual explorar el comportamiento y la ética.

Los héroes de la mitología griega, como Heracles, Teseo y Perseo, representan el valor, la perseverancia y la búsqueda de la gloria. Sus historias de aventuras y pruebas son alegorías de los viajes interiores que cada individuo afronta en la vida. Teseo y su enfrentamiento con el Minotauro simbolizan la victoria del intelecto sobre la bestialidad, mientras que Perseo y su búsqueda de Medusa representan el triunfo del bien sobre el mal.

Las criaturas mitológicas, como el Minotauro, la Quimera y la Hidra de Lerna, personifican los miedos más profundos de la humanidad. Estos monstruos no son sólo antagonistas físicos, sino que también representan obstáculos psicológicos y morales que los héroes deben superar. Su derrota no es sólo una victoria física, sino también una conquista simbólica de las fuerzas del caos y el mal.

Actualidad

La mitología griega sigue siendo relevante en el mundo contemporáneo, ofreciendo perspectivas sobre diversos aspectos de la vida moderna. Las historias antiguas siguen resonando hoy en día, proporcionando poderosas metáforas para comprender las dinámicas sociales, políticas y psicológicas.

Estas reinterpretaciones modernas no sólo mantienen viva la tradición mitológica, sino que la hacen accesible a las nuevas generaciones. La figura de Heracles, por ejemplo, se ha convertido en un símbolo de fuerza y resistencia, utilizado en contextos que van desde la publicidad al fitness. Las historias de transformación, como la de Narciso, se utilizan para explorar temas de autoobsesión e identidad en la era de las redes sociales.

En el campo de la psicología, los mitos griegos ofrecen herramientas para explorar el inconsciente y comprender mejor el comportamiento humano. Las teorías de Jung sobre los arquetipos, como el héroe y el embaucador, se reflejan en las historias mitológicas, proporcionando un lenguaje común para analizar la dinámica interior. El complejo de Edipo de Freud, basado en el mito de Edipo, sigue siendo un concepto fundamental del psicoanálisis.

Los estudios antropológicos y sociológicos utilizan los mitos griegos para examinar las estructuras sociales y la dinámica del poder. Las historias de Prometeo y Pandora, por ejemplo, se analizan para comprender las tensiones entre innovación y tradición, poder y rebelión. Estos mitos proporcionan un marco para explorar cómo las sociedades afrontan el cambio y los retos morales.

En la educación, la mitología griega es parte integrante del plan de estudios, ya que proporciona una introducción a la literatura, la historia y la filosofía. Las historias de los dioses y héroes sirven como herramientas educativas para enseñar valores éticos y morales, estimulando la curiosidad y el pensamiento crítico. La mitología griega también proporciona un contexto para entender el arte y la arquitectura clásicos, enriqueciendo nuestra comprensión del patrimonio cultural.

Las historias de dioses, héroes y criaturas mitológicas no sólo nos conectan con el pasado, sino que también ofrecen claves para entender el presente e imaginar el futuro. Su relevancia contemporánea demuestra el poder perdurable de la mitología como herramienta para explorar y comprender la condición humana.

La mitología griega hoy

La mitología griega no es sólo un capítulo del pasado, sino que sigue siendo estudiada, analizada y celebrada en muchos ámbitos de la cultura contemporánea. Su eterna fascinación y su capacidad para adaptarse a nuevos contextos demuestran su vigencia y vitalidad incluso en el mundo moderno.

Estudio e interés moderno

El interés por la mitología griega se mantiene vivo a través del estudio continuo y la investigación académica. Universidades e instituciones culturales de todo el mundo ofrecen cursos y programas dedicados a la mitología griega, su literatura y sus influencias culturales. Los estudiosos exploran no sólo las historias antiguas, sino también sus interpretaciones a lo largo de los siglos, analizando cómo los mitos griegos han moldeado e influido en distintas culturas y periodos históricos.

Las excavaciones en yacimientos arqueológicos como Delfos, Olimpia y Micenas han desenterrado artefactos y estructuras que proporcionan un contexto concreto a las historias mitológicas. Estos descubrimientos enriquecen nuestra comprensión de la vida religiosa y social de los antiguos griegos, vinculando los mitos a las prácticas cotidianas y los lugares sagrados.

Los arqueólogos, por ejemplo, han descubierto numerosos vasos y esculturas que representan escenas mitológicas, aportando valiosa información sobre cómo se representaban y percibían estas historias en la Antigüedad. Estos artefactos no sólo nos permiten conocer las técnicas artísticas y la estética de la época, sino que también revelan la importancia de los mitos en la vida cotidiana de los antiguos griegos.

Además, la mitología griega se debate ampliamente en conferencias y simposios académicos, donde estudiosos de diversas disciplinas se reúnen para compartir sus investigaciones y hallazgos. Estos encuentros interdisciplinarios promueven una comprensión más profunda e integrada de la mitología, explorando sus conexiones con la filosofía, la historia, el arte y la literatura. Los diálogos entre historiadores, clasicistas, filósofos y antropólogos enriquecen nuestro acercamiento a la mitología, permitiendo nuevas interpretaciones y reflexiones.

El público en general sigue mostrando un gran interés por la mitología griega, alimentado por una amplia gama de recursos accesibles. Libros populares, documentales y sitios web dedicados a la mitología ponen estas fascinantes historias al alcance de todos. Autores contemporáneos, como Rick Riordan con su serie "Percy Jackson", han dado a conocer la mitología griega a nuevas generaciones, combinando entretenimiento y educación. Estos autores no sólo hacen los mitos accesibles a los jóvenes lectores, sino que los reinterpretan de forma que resuenen con los retos y experiencias contemporáneos.

La tecnología moderna también ha abierto nuevas vías para explorar y disfrutar de la mitología griega. Las aplicaciones y los juegos interactivos permiten a los usuarios explorar los mitos de forma inmersiva, mientras que las redes sociales facilitan el intercambio y el debate de estas historias con una comunidad global. Los podcasts sobre mitología griega se han hecho populares, ofreciendo análisis en profundidad e historias convincentes que mantienen vivo el legado de estas antiguas narraciones.

El teatro moderno también sigue inspirándose en la mitología griega. Las tragedias y comedias antiguas se representan regularmente en todo el mundo, a menudo con nuevas interpretaciones que hacen hincapié en temas contemporáneos. Por ejemplo, las producciones teatrales modernas de obras como "Antígona" de Sófocles o "Medea" de Eurípides exploran temas como la justicia, la moralidad y la identidad, demostrando la continua relevancia de estos relatos.

Además, las traducciones y nuevas ediciones de textos mitológicos hacen accesibles estas historias a un público más amplio. Las traducciones modernas, que a menudo incluyen notas explicativas y contextos históricos, ayudan a los lectores a comprender mejor el significado y la importancia de los mitos griegos.

La mitología griega también ocupa un lugar en la educación formal, ya que muchos programas escolares incluyen la lectura y el estudio de mitos. Esto no sólo introduce a los alumnos en las historias clásicas, sino que también les proporciona herramientas para comprender temas literarios, históricos y filosóficos más amplios. A través del estudio de la mitología griega, los alumnos aprenden a reconocer patrones narrativos y a desarrollar habilidades críticas aplicables en muchos ámbitos de la vida.

Conclusiones y reflexiones finales

La mitología griega, con su riqueza de historias y personajes, sigue ejerciendo una influencia profunda y duradera en nuestra cultura y nuestra comprensión del mundo. Las historias de dioses, héroes y criaturas mitológicas no sólo son fascinantes relatos del pasado, sino que también ofrecen valiosas lecciones y conocimientos para el presente y el futuro.

Una de las principales lecciones de la mitología griega es la complejidad de la condición humana. Los dioses y héroes griegos, con sus virtudes y vicios, representan toda una gama de experiencias y emociones humanas. A través de sus historias, aprendemos que el valor y la sabiduría, la lealtad y la venganza, la belleza y la destrucción forman parte de nuestra existencia.

La mitología griega también nos enseña la importancia del respeto a las fuerzas de la naturaleza y a los dioses que las representan. Muchos mitos hacen hincapié en las consecuencias de la hybris, la arrogancia humana que desafía el orden divino. Historias como la de Prometeo, que robó el fuego a los dioses, o la de Ícaro, que voló demasiado cerca del sol, nos recuerdan los límites de nuestro poder y la importancia de la humildad. Estos cuentos nos invitan a considerar nuestro lugar en el universo y a vivir en armonía con las fuerzas que nos rodean.

Además, la mitología griega sigue inspirando creatividad e innovación. Artistas, escritores y cineastas encuentran en los mitos una fuente inagotable de ideas e imágenes, reinterpretándolos para reflejar los retos y esperanzas de nuestro tiempo. Esta capacidad de adaptación y reinterpretación demuestra la continua vitalidad y relevancia de la mitología griega.

En el campo de la psicología, los mitos griegos ofrecen herramientas para explorar el inconsciente y comprender mejor el comportamiento humano. Las teorías de Jung sobre los arquetipos, como el héroe y el embaucador, se reflejan en las historias mitológicas, proporcionando un lenguaje común para analizar la dinámica interior. El complejo de Edipo de Freud, basado en el mito de Edipo, sigue siendo un concepto fundamental del psicoanálisis. Estos mitos actúan como espejos a través de los cuales podemos explorar nuestros deseos, miedos y conflictos más profundos.

Los estudios antropológicos y sociológicos utilizan los mitos griegos para examinar las estructuras sociales y la dinámica del poder. Las historias de Prometeo y Pandora, por ejemplo, se analizan para comprender las tensiones entre innovación y tradición, poder y rebelión. Estos mitos proporcionan un marco para explorar cómo las sociedades afrontan el cambio y los retos morales. Su capacidad para abordar cuestiones complejas y universales los convierte en valiosas herramientas para el análisis crítico y la reflexión social.

Las historias de dioses, héroes y criaturas mitológicas no sólo nos conectan con el pasado, sino que también ofrecen claves para entender el presente e imaginar el futuro. Su relevancia contemporánea demuestra el poder perdurable de la mitología como herramienta para explorar y comprender la condición humana.

En conclusión, la mitología griega es un patrimonio cultural de incalculable valor que sigue influyendo y enriqueciendo nuestras vidas de innumerables maneras. A través del estudio y la interpretación de estas antiguas historias, no sólo preservamos el pasado, sino que también aprendemos más sobre nosotros mismos y el mundo que nos rodea. La mitología griega nos ofrece una lente a través de la cual podemos explorar las profundidades de la experiencia humana, celebrando nuestra capacidad de soñar, crear y comprender.